LIRASSÓIS

Henrique Fatel

Lirassóis

KOTTER
EDITORIAL

Coordenação Editorial: Sálvio Nienkötter
Editor-Executivo: Daniel Osiecki
Editor-Adjunto: Claudecir de Oliveira Rocha
Capa e design editorial: Carlos Garcia Fernandes
Produção: Cristiane Nienkötter
Revisão e preparação de originais: O Autor

Dados Internacionais de Catalogação na Publicação (CIP)
Angelica Ilacqua CRB-8/7057

Fatel, Henrique
Lirassóis / Henrique Fatel. -- Curitiba : Kotter Editorial, 2023.
72 p.

ISBN 978-65-5361-204-4

1. Poesia brasileira I. Título

CDD B869.1

23-2522

KOTTER EDITORIAL

Kotter Editorial Ltda.
Rua das Cerejeiras, 194
CEP: 82700-510 - Curitiba - PR
Tel. + 55(41) 3585-5161
www.kotter.com.br | contato@kotter.com.br

Feito o depósito legal
1ª Edição
2023

Henrique Fatel

Lirassóis

Sumário

Versos de reafirmação

Primavera

Podia ter feito um jardim
Das flores que você me deu
Mas nenhuma delas
Nos pertencia
Então fiz poemas
De tautologias azuis
Orquídeas e violetas
Como a cor dos seus olhos
Fiz vísceras em versos
De lírios e cravos
Tal o aroma dos seus
Cabelos castos
Eu podia ter te podado
Mas deixei os espinhos
Das suas rosas
Me crescerem em nós e pistilos
Em pétalas
De aromas orientais
Vejo a luz opaca
Trespassando meu peito
Arrebatado pelas raízes
Te deixo ir, andar
E quando nada for verdade,
Ao menos você me ensinou a amar

A Tulipa de Didier

De tão sonâmbulo sonhei contigo
Retocava um aroma de tulipa
Refinados traços de Redouté
Em altas melodias adocica/das

De tão sonâmbulo sonhei contigo
Tresvairado murmurando Bebop
Vem, deite-se na cor gesneriana
Nas pétalas de volúpia vermelha

De tão sonâmbulo sonhei contigo
Ornamentos rubis de Didier
Oh, Divina criatura florida
Recoberta em perfumadas tulipas

Envolto no cálice carmesim
Eu dormi numa memória dele - onírico
De tão sonâmbulo continuei sonhando
Sedado pelo som dessa fria ventania

Anelo

Talvez um dia você pudesse surgir enfim num devir num porvir por aí por ali por aqui porque a uma hora dessas eu só queria saber por onde anda seu pensamento: se andando ou se voando como vento num canto verdejante. É que estas asas flamejantes sem ti derretem ao sol então eu sonho que talvez um dia eu acordasse e te visse num sopro azulado, florido, encarnado. Talvez um dia você soubesse, talvez um dia você voltasse

Elã

Euforia era você
Brilhando solar
Primavera das minhas manhãs

Alegria era te ver
Te contar e recontar
O que eu queria e inda ia saber

Calmaria era te ouvir
Falando jazz
Vestindo meus braços

Elã
Ouro dos meus olhos
Orvalho da minha aurora febril
O tempo te levou embora
daqui

Meu amigo
Tudo agora é ontem
E seus rubros lábios
Se calaram

Iris

Ouço sua voz
Vindo do além
Pra me profetizar
Versos de dourados
Pétalas de reafirmação

Caminho num campo florido
Com meu floral engolido
Vestindo seda
Feita pelas aranhas
Debaixo do meu colchão

Elas tocam clarinete
Lindamente
Numa melodia francesa
Incansáveis notas de
Saxofone
E Anjos que me aquecem

Lírios-da-Espanha me amortecem
Iris pra delirar a ver
Até os confins da mente
Perfumada vertigem da praia

Narciso

Seu cheiro, griso
Aroma sutil
Sem o juízo
Assim veranil
Marfim de anis
Canta, narciso!
Veneno febril
Me regozijo
Luz de alvas pétalas
Sinto sua cor
Bebo seu furor
Venero a flor malévola
Nesse pistilo alaranjado
"Vem, afoga-te comigo, amado"
Encantam-me as aladas sépalas
Por dentro do acrílico
do lago

Acori

As tulipas tão
vermelhas Como teus
olhos
Ressecados

Dançamos ao redor
Dos campos de
morango Floreando
Os dedos um no outro

Eu peço ao
Rio do Harlem:
Converse comigo
Nesse aroma místico

Me dê asas que talhem
Seus grossos lábios rubros
E braços que lhe queiram
Fervendo, afrodisíaco

Nessa paralisia órfica
Que você transpira
Me rendo à travessia
E ouço a serenata

Rosa damascena

Nos meus delírios oníricos
Em sonho, dormindo
Nos encontramos
Vestidos de armaduras douradas

Íamos pra guerra
De mãos entrelaçadas
Você me protegia
E me deu um beijo

Derradeiro beijo de medo
Dentro do furacão dantesco
Como um verso de reafirmação

Sonhando senti seu toque
Sua mão no afago dos meus dedos
Me aquecendo o corpo inteiro
Me tomando para longe

Esqueci da guerra
Avistei uma névoa perfumada
E seus olhos alumiando o caminho
Brilhando de um verde nacarino

Sonhando provei seu beijo
Vestíamos coroas centifólias
Aquiescendo à batalha
Rumo ao esquecimento

Enamorada rosa-damascena
Me leve para algures
Num caminho de nácar
Rosa-de-Castela

Com seus cabelos castanhos
Sinto seu abraço no terror
Penetrante olhar criollo
Home pueril, tacanho

Sonhando, sigo remando
Nesse devir delirante
Em que navegamos
Pairados, voando
Em cores carnais

Flutuamos com o vento
Navegando sem fim
Vestidos de armaduras,
Melodias e poemas

Sonho para ir embora contigo
Em transe, dormindo
Pintando quadros impressionistas
Floridos com pianos noturnos

Tocando acordes delicados
Num Aroma sonífero
Em Sol menor

Dracena

Te vejo em plumas alvas
Folheadas de auriverde
Por dentro das luas anuviadas

Te vejo nas pétalas
Alumiado de um aroma oriental
Nascente aurora invernal

Te vejo nos arabescos
Melindrosos traços de aconchego
No seu abraço, no seu apego

Te vejo nas notas límpidas
Dessa Canção-da-India
Melodias frescas

Te vejo nos tambores ululantes
No vento lancinante
Na cantoria do mar

Te vejo nos meus sonhos,
Oh Coqueiro-de-vênus
Dracena majestosa

Flor enamorada
Te vejo esvoaçante
Em suntuosos perfumes de flor
No calor de não saber pra onde eu vou
Na sina de não saber quem eu sou

Te vejo num clarão
Te vejo em mim
Nas cicatrizes escondidas
Nos botões de dracena por abrir
Na dor dos dias que ainda virão

Ele me deu um beijo na boca

Ele me deu um beijo na boca
E me disse: a vida é oca
Como a infâmia
De um homem sem cabeça
Eu ri a beça
Ele me deu um beijo na boca
E disse: a vida é boba

E eu disse: chega dessa sua conversa
Desse feitiço em sermão
Eu sei que o mundo é um fio
E que dentro do meu peito corre um rio

Apáticos, Punks, Existencialistas, Hippies, Beatniks
Vivos de todos os tempos:
Uni-vos

Acenderemos o pavio
Dos filhos sanguessugas
Da nova Guerra Fria

Ele disse: a vida é vazia
E se riu e riu
E ria

A vida é vão
Umbral de morte
Sejamos vampiros
Anoiteçamos os dias

E eu: chega de filosofia
A mim me bastava
Que o presidente desse rumo
No antiacidente da vacina
E os nazistas que não toquem na poesia!

Ele me deu um beijo na boca
E eu senti o gosto azedo da sua língua

Abelha (Eu costumava)

Meu dia alumiava
E botões de jacinto-da-índia
Me abriam o caminho
Se a vista te alcançava

Eu costumava te falar
Poemas psicodélicos
Sádicos tons nacarinos

Eu costumava te colher
Angélicas brancas e liláceas
Debruçadas no alto das ideias

Eu costumava te ouvir
Recitando alquimia desvelada
Num samba de batucada

Eu costumava te ler
Romances distópicos
Num congresso futurista

Eu costumava inalar
Seu aroma umbelífero
Em caracóis de alviroxo

Eu costumava te querer
Mas sou só saudade
Memória florida

Meu dia inda alumia
Fazendo mel
Noutras primaveras
Viajando em flores
Feito abelha amarela
Na aurora escurecida

Hemerocales

Tetrâmera aromatizada
Entre os cálices aflorados
Sua cor é potência
Apesar da pétala calada

Efervescência cerúlea
Dos botões acanhos
Oh divina flor, te canibalizo
Devoro nós e pistilos
Eucotiledônios

Engrandece-me com sua dor azul
Preenche meus desvãos
Todos de luz anis
Floreia-me com sua coroa caída (...)

Lírio-de-um-dia
Morte anunciada
No ápice primaveril
Sepulcro floral

Pulverizante euforia
Consumada em orvalho
Bebido tragado

Desejo a flor matinal
Com os lábios ainda sujos
Embaralhados

Malva-rosa

Deslumbrado te via passando
Reluzente flamejante
Arrastando seus longos cabelos
Debruçados em meus olhos

Deslumbrado te via vindo
Cantando em minha direção
Vestido de malvas
Rosadas e brilhantes

Deslumbrado morri te amando
Nos corais terminais
No umbral de um limbo
Compulsório, adormecido

Ontem, Ávido de cólera
Hoje visto suas cores
Pra sonhar que você não foi embora
E te colher em novas flores

Goivo

Dormi um devir
Te vi florir aqui
Alvo e fulvo
Feitiço noturno

Dormi um devaneio
Sua lira loura dedilha
Meus lábios purpúreos
Seus ramos me velejam

Dormi um aconchego
Seu bigode me toca
Feito piano em Sol
Num transe perolado
Com notas de Chopin

Acordo lambuzado
Seu gosto na boca
Seu aroma estonteante
Cravado no meu peito
- Delirium tremens
Banhado na garoa trepidante

Melífluo

Sua boca entalha minha coxa
Dedos grossos estiram as nádegas
Lábios carmesim desbravam as polpas

Lambendo-me tal uma flor
Suculenta, suntuosa
Ele me recobre
Com seu véu melífluo
Com sua língua melindrosa

Me agarro ao tórax anunciado
Carnudo, peludo
Me deito ao peito coberto
Manso, deserto
Com meus toques dedúnculos
Com meus feitiços caprichosos

Vivo no transe etéreo
Em seu aroma de pinho fresco
Ando, meio desligado, aéreo
E me perco na floresta entreaberta nos pelos

Vejo o oásis arábico
A pele azeitonada
E as palmeiras entrelaçadas

Tomadas ao sol
Paraíso masculino
A fraternidade do tronco venoso
As frutas tenras, avermelhadas

Abocanho o gosto de pêssego
Suculento
Suntuoso

Hiacinto

Fogo apolíneo
Ensolarado
Bruto menino

Bulbos tunicados
Ornamentos alvos
Em volta dos seus cachos
Com perfume de sândalo

Sinto sua brisa me ventando
Velejando no mediterrâneo
Colhendo hiacintos hidropônicos
Purpúreos, Anis, nácar e carmim

De tão cego
Te perdi, afogado.
Bebi do mel enfeitiçado

Traguei das flores cerosas
Pentâmeras
Na noite chuvosa
Murmurei o canto
Das sereias canibais
Que te roubaram de mim

Tudo sem você é mar
Me perco na escuridão
Me entrego à solidão
Dessa imensidão lunar

Oh, jacinto dos Países Baixos
Sofri sem ter tua cor
Chorei no horror da sua ausência
Amargurado, seco

Volta,
Aporto minhas luas ao cais

Volta,
Que o caminho dessa dor me atravessa
E a vida não mais me interessa
Se você vai viver com um outro rapaz

Lonicera

Perfídia madressilva
Quero ser seu suprassumo
Fazer fumaça em fumo

Botica zigomorfa
Quero ser sua baga roxa
Fazer aroma em fruto

Decídua pentâmera
Quero te polinizar
Fazer do favo um mel

Pétalas auri-alvas
De odor adocicado, esbranquiçado
Colhidas, arrancadas

Lírio-tigrado

De longe cantarolei - chamado
Passava uma marola amarelada
E eu andava numa tapeçaria
Coberta de lírios-tigrados

Misteriosa flor felina
Ouço seu suspirar alaranjado
Sigo a notas rigorosas
A síncope colorida rugindo

Pétalas ambíguas de opostos
Anunciados em aromas poliníferos
Sumindo no meu ouvido
Arrepiando minhas costas

Toco seus perfumes contrários
Vejo os pistilos dançarolando
Em jambos melíferos
Umedecidos

No batuque da cor de Ogum
Nos tons de Sol queimado
Me giro e giro e giro
Me rio no brio do seu frio

Nos seus traços tigrinos
Me traio no seu estalo
Na sua lábia cantada
No seu amor doído

Estesia

Desperto ao som berrante
D'um néctar divino imaginário
Perfumado com o cheiro da sua voz

Nunca esqueci da sua voz
Ecoando no arcabouço
Do fundo da minha cabeça

Voz macia amanteigada
Com som de nuvem azulada

Voz altiva em dó maior
Com cheiro de céu cerúleo

Voz doce de veludo
Com botões da cor de Ogum

Nostálgico me volto
Ao sono inventado
Em que ouço seu rosto
Seu bigode ralo
Seu olhar calmo
Seu perfume de lírio-tigrado

Calla-branca

A luz das nove horas
Toca o ipê roxo iluminado
Sobe o aroma morno
De café coado

Do alto da Rua do Matão
Ensolarada
Uma canção
Colhe a flor anunciada

Os botões respondem
E as pétalas ressoam
A cor dos seus cabelos

Você tinha um jeito
Como quem sabia do futuro
De falar insuspeito
Seguro

E agora me deixou
Desfeito
Só

Botões em discurso

Em dia de Primavera, uma pétala equivale
A uma palavra dentro de um poema:
Habitada por outras palavras,
Unindo-se a elas num perfume uníssono,
Girando sílabas numa gira dervixe;
E porque assim unida: símbolo
E mais: porque símbolo, som
E som porque palavra junta faz flor,
Porque nada corta a sintaxe desse jardim,
O aroma de cor que por ele desfila

Jardineiro

A vida da gente são as contas
De um terso feito com os botões
Das flores que te dei

Foi assim que ele me contou:
Que se morre um botão
Ou se cai uma conta

A gente é de pegar essa conta
E regar e regar e regar de novo
Modo ela nascer outra vez

Nascendo, exala das pétalas
Seu aroma desabrochado
De memória perfumada

Foi assim que ele me disse
Antes de partir
E me deixar aqui pra florir

Dormindo

Cravo

Eu te amei de manhã
Quando o sol nascia
E o orvalho crescia
Nas minhas maçãs

Eu te amei ao Vésper
Num apático spleen
Queimando ésteres
Te carregando arrastado
Da porta de algum botequim

Eu te amei de noite
Sonhando num satélite
Sem metro sem sinal
Sedado sonâmbulo
E você acordado

Eu te amei de madrugada
Enquanto você vomitava
E ainda por cima
Dava flores e beijava
50 rapazes desconhecidos

Eu te amei, oh vampiro
Mas só deu certo
em sonho
A gente se amou

Cacofonia

Mesmíssimo
É o mesmo poemeto
É o vigésimo sexto
Que tento sobre você

Escrevo repetido
Repercutindo no seu ouvido
Como um peixe-dourado
Esquecido

Jurei não ia mais
Fazer soneto ou amuleto
Para barcos que não voltam ao cais

Mas talvez eu só saiba
Versar de você
Lembrar de ti
Sonhar em te ver

Poço

Sujo
Asqueroso
Gruda na pele
Escorrendo
Sujeira
Em mim você não monta
Não sela
Te esfrego e te lavo
Te limpo pro ralo
Sujeira
Putrefata
Perigosa
Aqui você não ralha
Não deságua
Te espalho te atraio
Te jogo pro fosso
Sujo

Azedo

As sirenes áridas
Que ainda ressoam
Bufam seu nome
Conde Podre
Lorde Amargo

Exalam seu cheiro
Fétido, intragável
Fungos lhe crescem
De dentro do rabo
Putrefato

Papoila-dormideira

Alma errante
Vagando pela noite
Voos para algures
Numa carruagem-papoila

Sigo o aroma das dormideiras,
Guiado pelo escaravelho.
Elas me trazem a luz do Oriente
Florindo de violáceo e vermelho

Khepri me leva ao princípio
E vejo tudo que não sei
Das folhas de turquesa
Com seus frutos por cair

Te recordo e te vejo ali
Me chego em suas pétalas
Sou capaz de sentir seu aroma
E de te ver falar. Mas não ouço a sua voz
Não reconheço seu rosto

Desperto, ainda vagando
Numa paralisia do sono

O ancião me toma pela mão
E me vejo num campo
Deitado, sonâmbulo

Toco as dormideiras
Provo o sabor de suas cores
Da púrpura suculenta
Envolvendo suas sépalas

Sinto o cheiro de suas pétalas
De um rubro carmesim,
Cor encarnada

Me deito em seu aroma
De um toque calmo
E sonífero

Para dormir e voltar a ter
No devir do devaneio
Passados melhores
Cobertos de flores

20 anos blues

Te reinventei, cristal
Numa tautologia azul
Com gosto cerúleo e
Vapores verdes de orvalho

Ainda lhe falo
Quando me vejo sozinho
Numa volta ao mundo
Ao redor do meu quarto

Me lembro de você,
Sonho contigo.
Mas cansei de dizer
Eu te amo.

Quando, afinal,
Não tenho saudades.
Eu não te quero,
Eu te quero mal.

Recorda-me

Me recordo da sua voz
Ecoando no fundo
Das minhas conversas

Não lembro mais do seu rosto
Nem dos olhos de lírio
Me advertindo com aquele
Sorriso-esconderijo

Agora eu falo sua língua
Conto o resto da história
Purgando de saudade

Volta,
Que tudo aqui aperta
Por não ter seus longos e
Castos cabelos castanhos
Me encaracolando

Florista

Ao que não se esquece
Dou uma nova cor
Outro tom
Um que me aquiesce

Disponho dissabores
Em arranjos polinizados
Arados de nostalgias semânticas

Do tempo, as dores
Amarro em ramos
E conto todos os dias
Que você foi embora

Me finco ancorado
Nos descompassos efêmeros
A cada colheita, cantariê!

Cantarieio memórias de ti
Para seguir em frente, a pé
Mata adentro
Logunedé!

Amarílis

Açucena perene
Bulbos vermelhos
Hipeastro rubi

A Flor da Imperatriz
O orgulho de Apolo
O pai, o filho
E os astros primaveris

A tristeza escarlate
Os dias que eu te quis

Fúnebre

Enterraram-me
Vivo.
Morto,
Abatido

Guelras azuladas
Respiram debaixo d'água

E o morto fala!

Quem diria que
Ele iria
Voltar da tumba
E versariar

Buquê

Acordo num campo florido
Jacintos com o aroma agudo
Das notas do seu nome

Recolho amores-perfeitos
Arranjo suas memórias
Num buquê de íris soltas

Procuro o aroma tântrico
Com meu faro floral
Pra te escrever em cânticos

Amarro versos inventados
Nos seus lábios
Sarau ao pé do ouvido

Cada pétala, cada cor
Um dia seu bem-me-quer
Hoje minha dor

Poemas primaveris
Em que Apolo nos leva
De volta ao nascer do Sol

Viajo num transe matinal
Feito de pérolas de orvalho
E te ressuscito em flores

Poemas primaveris
Colhidos ao pé
Dos seus longos cabelos

Acordo no seu batente
Carregando um buquê
E um manuscrito carente

Inverno

A morte sempre chega
Nos dias em que o Sol
Não aquece mais a carne
Corpo-jaula

Mas mesmo nos odiosos
Dias de inverno seco e escuro
Inverno duro inverno turvo

Lembro: no dia em que fui mais feliz
Eu vi um avião
se espelhar
no seu olhar
Até sumir

Daí durmo daí durmo
Sonâmbulo soturno
E durmo
E durmo.

Jasmim-do-cabo

Morto
Parei de súbito
Afoito
E vi

As gardênias e guirlandas
No túmulo oco
Ainda eram flores
E um sopro me tomou o peito
Para sempre hoje

Maré

Meço a força das ondas do mar
Pelos dias que passo longe de você

Me levam ao cais
Você não vem jamais

Me jogam e me banham
Iemanjá inda vai cantar nos meus carnavais

Aguapé

Grão de areia
Será que me viu nadar
Quando afoguei
No vão de abelha
Cantarolando tristeza
Som d'água
Canção de poeira?

Lamashtu

Feminino,
Muito embora lobisomem, Demônio!

Os deuses me condenaram
A vagar no inferno dos moços
Que mato com meu passo
Com meus dentes de leoa
Meu corpo peludo
Minhas garras desatadas

Sou sua flor infernal
Sua aurora carnal
Sua escuridão terminal

Canibal,
Muito embora civil,
Como rapazes floridos de anil
Em tautologias noturnas
Na sepulcral psicose
Das minhas melodias obscuras

Sou sua alma danada
Sua orquídea maldita
Sua dor encarnada

Errante,
Ouço seu verso lancinante
E bebo do seu horror
Purgo o temor das suas esperas
Me consumo em chamas
Volto a ser terra

Herr Deus, Herr Lúcifer
Cuidado
Cuidado

Das cinzas eu levanto
Com meus cabelos oleados
E devoro homens como ar tragado

Versos de reafirmação

Accio

Pra te ver logo aqui, rogo praga
Dou oferenda - faço feitiço
Sofrer assim é meu ofício
Mas em canto de Ossanha
Não caio nem regozijo
Xangô é meu senhor - saravá!
E no bago do seu riso
Só vejo griso!

Ártemis

Oh Ártemis, Luartifício
Retalha meu fis - me faz em cisne
Me leva da liça ao solstício - de lis vestido

23 anos blues

Não faço mais questão de você
De ser em diante - conto o resto
Quero ouvir o que eu tenho a dizer

Recife

O ar às velas
Mar às ilhas
Doze jangas
Amargas, idas

Rapaz,
Versar de você
É fazer castelos de sílica
No ar

pólen bold 90 gr/m2
tipologia a771-roman
impresso no outono de 2023

LIRASSÓIS